GEORGES VANOR

Les paradis

Librairie de la Revue Indépendante
Petite collection à 3 francs.

Des 420 exemplaires numérotés (dont les 15 premiers sur grand vergé français à la cuve et les 405 suivants sur vélin anglais mécanique)

l'exemplaire n° 255

Les paradis

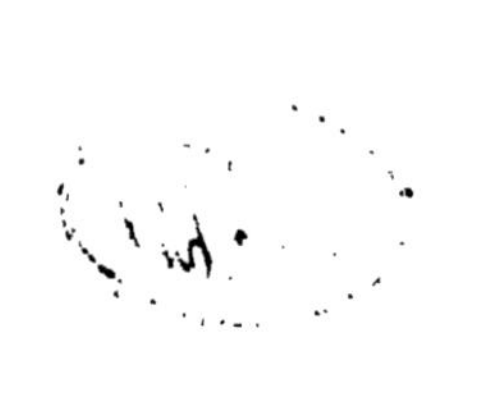

GEORGES VANOR

Les paradis

PARIS

LIBRAIRIE DE LA REVUE INDÉPENDANTE

Chaussée d'Antin, 11

1888

Le cœur de mon cœur

La fée aux yeux de ciel qui me dictait des rimes
A mesuré le vide immense de mon deuil,
Elle a pleuré devant la mort de mon orgueil,
Et les écroulements d'idéals dont nous rîmes.

Comme une mère veille auprès de son enfant,
Elle a bercé de ses chansons ma male fièvre,
La bonne fée, elle a ranimé de sa lèvre
Ma lèvre, et rafraîchi pour moi l'air étouffant.

Elle a touché mon front veuf des volages rêves,
Oiseaux charmés que son sourire m'a rendus,
Et les doux fugitifs, aux appels entendus,
Ont avolé des cieux, des montagnes, des grèves.

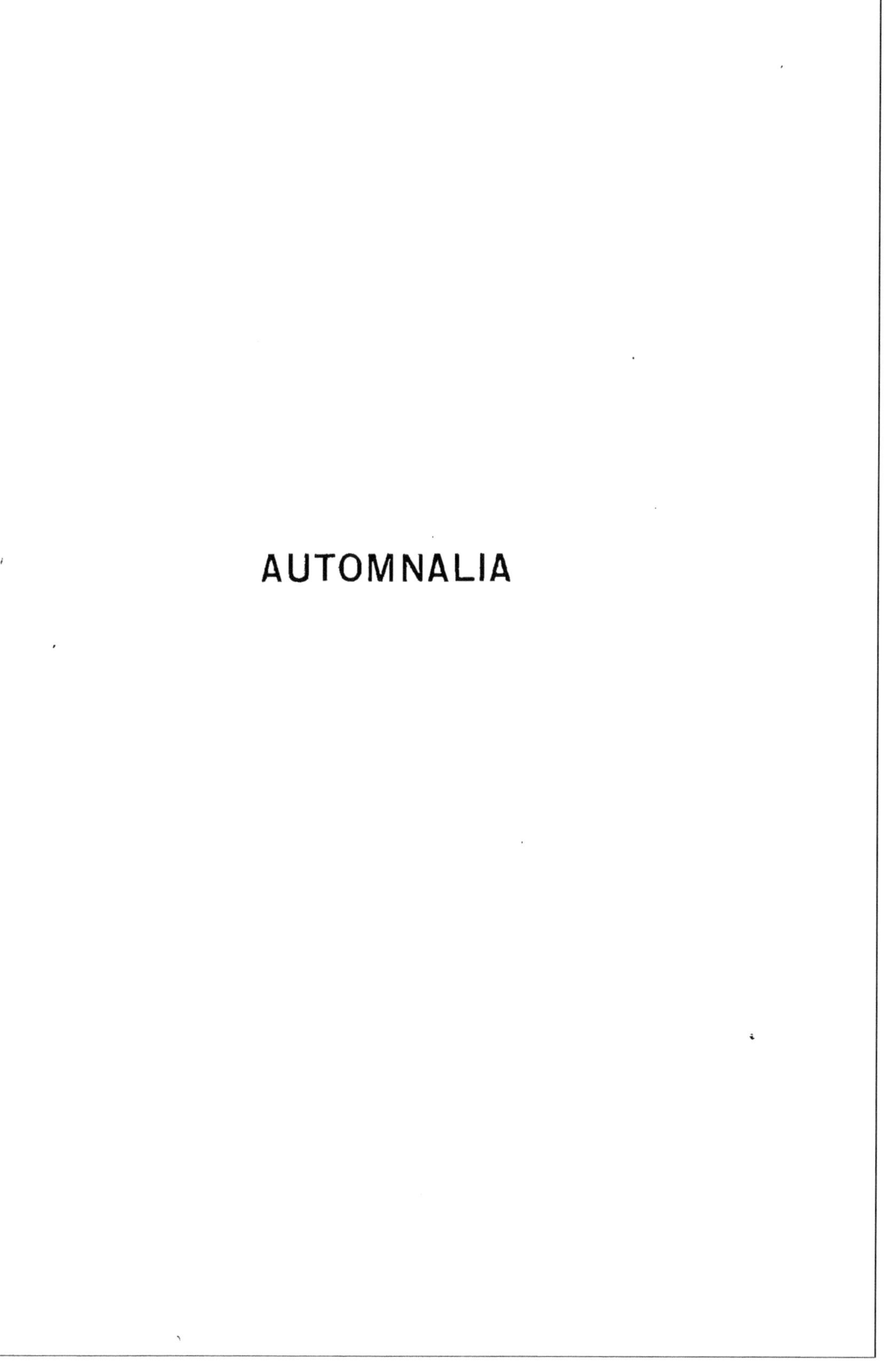

AUTOMNALIA

AUTOMNALIA

Étreint par le dégoût des êtres, garrotté
Par l'horreur des cités impures et vénales,
J'élis, pour me rasseoir en la sérénité,
Les fastueux décors des splendeurs automnales.

Vers le ciel, où s'éteint l'ostensoir des couchants,
Mon âme s'irradie aux solaires féeries
Qui s'épandent, illuminantes, sur les champs :
Oriflammes, pennons et bannières fleuries.

1.

Et les nuages figurent sur les panneaux
De l'horizon, qui d'or et de sang se chamarre,
Une procession rouge de cardinaux
Et de prélats drapés de sanglantes simarres.

Les pourpres raisins sont gonflés comme des cœurs
Qu'enfle l'orgueil avec la vanité du doute ;
Aux jardins éclatants voici venir les chœurs
Des vendangeurs chantant dans le soir. Mais, écoute :

Sourd lamento, chant funèbre, glas sangloté,
La virtuosité des brises de septembre
Mélancolise les flonflons du vieux été,
Et se lamente dans les arbres deuillés d'ambre.

Las ! c'est le monitoire adieu de la saison
Parmi la fête triomphale tôt éteinte,
C'est le miserere pour la défloraison
Des roses, pour la mort de mon rêve, qui tinte !

LE PARC

LE PARC

Dans le parc oublié de l'amante,
Je vais seul et je pleure ses yeux,
Ses doux yeux radieux et la mante
Ténébreuse de ses noirs cheveux,
Dans le parc oublié de l'amante.

Dans le parc où le lierre enlaceur
Imite gentiment notre étreinte,
Je vais seul, et je pleure, ô ma sœur,
En voyant, union toujours sainte,
Dans le parc, tout ce lierre enlaceur.

Dans le parc où ta voix, chère absente,
Chantait comme un oiselet savant,
Les autres oiselets de la sente
S'étonnent de l'écho décevant,
Dans le parc, de ta voix chère absente.

Et mon âme est un parc désolé
Veuf des yeux des fleurs illuminantes
Et d'où tout l'amour est exilé
Par les cruelles brises fanantes :
Mon âme est un grand parc désolé.

SOIRS

SOIRS

Dans la mélancolie automnale du soir
Le rêve de rêver à des vers de trouvères
Attriste par le vieux regret des primevères
Mon esprit, nostalgique et calme reposoir :

Reposoir de lilas languides, de jacinthes,
De roses de septembre où le soleil se meurt,
D'anémones, de lys royaux sauvés de heurt,
De lotus et de fleurs solennelles et saintes.

L'archet ne chante plus les pleurs du pâle Amant :
Dans la forêt où l'âme en deuil se rassérène
La fée a refusé de devenir marraine
Et l'enchanteur est mort de son enchantement.

Et du vain reposoir s'écroulent des jonchées
Symboliques de joie, et le cœur esseulé
Pleure les soleils morts et le songe en allé
Et les illusions par le Réel fauchées.

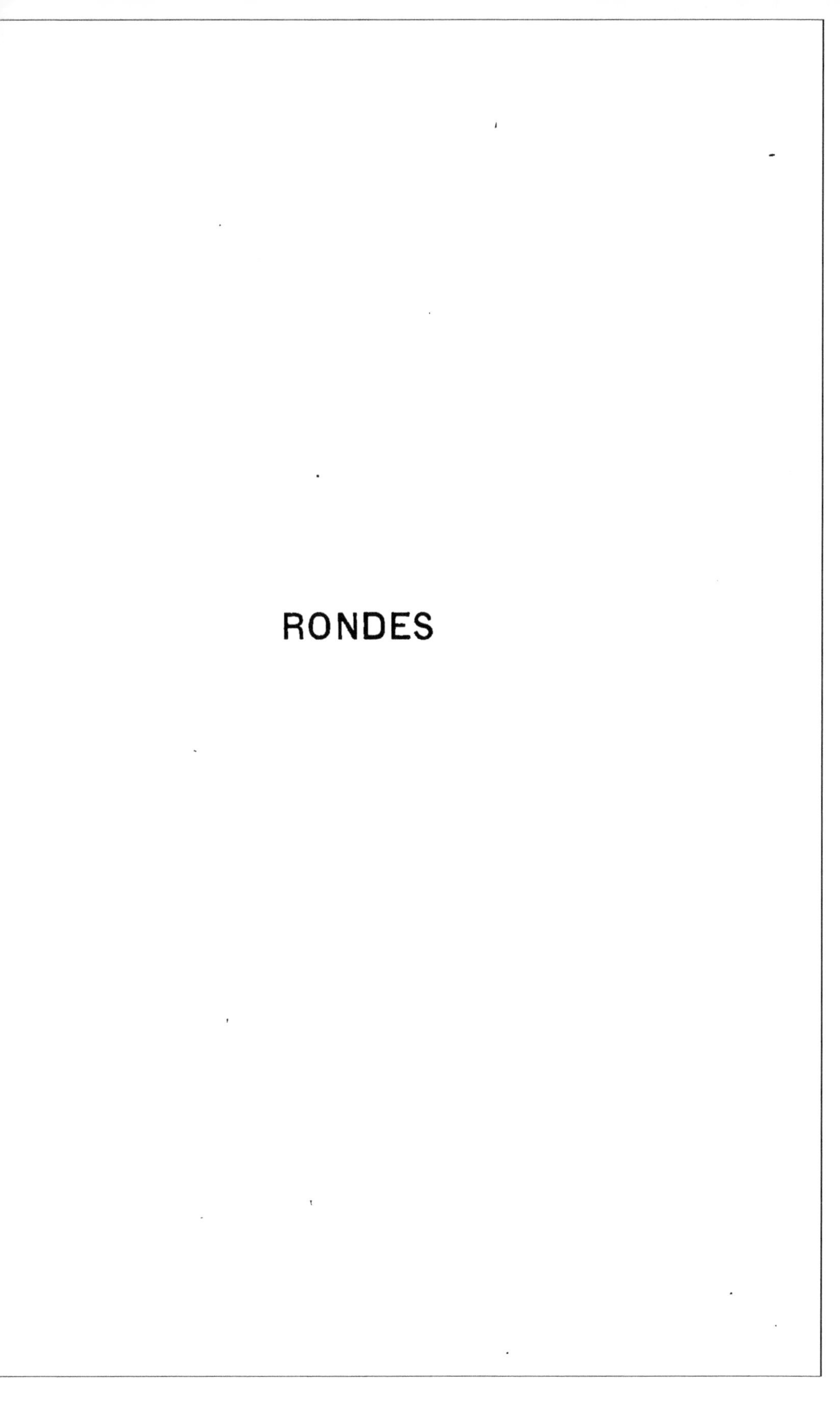

RONDES

RONDES

Nous n'irons plus aux prés, les roses sont fanees,
La belle que voilà s'en ira les cueillir,
Et nous les garderons pendant bien des annees
Dans des sachets où leurs parfums sauront vieillir.

Si j'ai des regards moroses
Pour les fleurs du temps nouveau,
Le parfum des vieilles roses
Ensorcèle mon cerveau.

Délicates fleurs séchées
Entre des feuillets de vers,
A des cheveux attachées,
Souvenirs des bals d'hivers,

Sur les corsages des belles
Vous ne rirez plus jamais,
Ni sur les rosiers rebelles,
Ne refleurirez plus, mais

Nous reviendrons le jour des roses de Jouvence,
Les belles que voilà nous en couronneront ;
Vous verrez comme on danse en entrant dans la danse ;
Cirque des vieux espoirs, tournez, tournez en rond !

CHŒUR DES SYLPHES

CHŒUR DES SYLPHES

Nous sommes les lutins jolis
De cette forêt enchantée ;
Nous nous berçons au creux des lys
Et de la rose veloutée.

Nous sommes les sylphes du soir,
Et notre chanson tendre ou folle,
Dans les feuillages du bois noir,
Comme un refrain d'oiseau s'envole.

Nous dansons dans les reflets blonds
De la lune éblouie et pâle ;
Sous son disque d'or nous volons,
Sous son disque d'or et d'opale.

Et, descendus du lointain ciel,
Le vent léger de nos haleines,
Fleurant l'odeur douce du miel,
Courbe les brins d'herbe des plaines.

NOX

NOX

A force de mirer sa face dans les ondes,
Dans les ondes de moire onduleuse du lac,
La lune trop fiée aux surfaces du lac
Tomba s'ensevelir au cœur des eaux profondes.

2.

J'ai bercé trop longtemps dans le lac de vos yeux,

De vos yeux consolants où le reflet ondule,

Ma rêverie avec ma tristesse crédule,

Et mon âme a sombré dans le lac de vos yeux.

Et tant que vous errez frivole sur la dune,

Favorisant les fleurs riveraines des lacs,

Loin des mers de vos yeux et des regards des lacs,

Amant sans âme, j'erre sous la nuit sans lune.

ALLÉGORIE

ALLÉGORIE

Montés sur des chevaux de bois qui sont nos songes,
Nous sommes entrainés, tournant, dans les mensonges
Des haillons bleus, des ors factices, des drapeaux,
Des parements de pourpre et des clairs oripeaux,
Aveuglés par les gaz soleilleux, les chandelles

Flambantes, chevauchant nos vaines haridelles,

Étourdis des éclats de quadrilles, tournant,

Tournant, nous regardons le pitre rayonnant,

Monsieur Destin, perché sur son dressoir aux bagues,

Bagatelles qu'avec nos lances de fer vagues

Nous enfilons, filant en circuits décevants,

Sans pouvoir retourner vers les Auparavants,

Forçats du Rond, cœurs soulevés, sans l'espérance

D'arrêter cette uniforme circonférence,

Puis morts du circulaire et fou chemin de croix,

Sans savoir votre mot, Bucéphales de bois !

DOMINA

DOMINA

Reine suprématrice de ma conscience,
Roux éclair de splendeur dans la nuit de mon moi,
J'assujettis au geste de tes mains ma foi
Et mes rêves et mon orgueil et ma science.

Dans tes regards, gouffre d'amour, dans tes regards,
Golfe où rit le sourire attirant des sirènes,
Je m'éperds, enlacé par des mains souveraines,
Égarement vertigineux, dans tes regards !

Fleurs pourpres d'un jardin d'enchantement, tes lèvres
Me versent l'âme des philtres énamourants,
Et l'essence des élixirs, parfums leurrants ;
Roses d'Armide, roses rares que tes lèvres !

Les rythmes enlacés aux notes de ta voix
Enveloppent mon être en étreintes calines,
Et les théorbes, les harpes, les mandolines,
Les luths chantent dans la musique de ta voix.

Magicienne susciteuse de féeries,
Evocatrice des fabuleuses Thulés,
Garde les clairs palais de mes rêves scellés
Des incantations de tes sorcelleries.

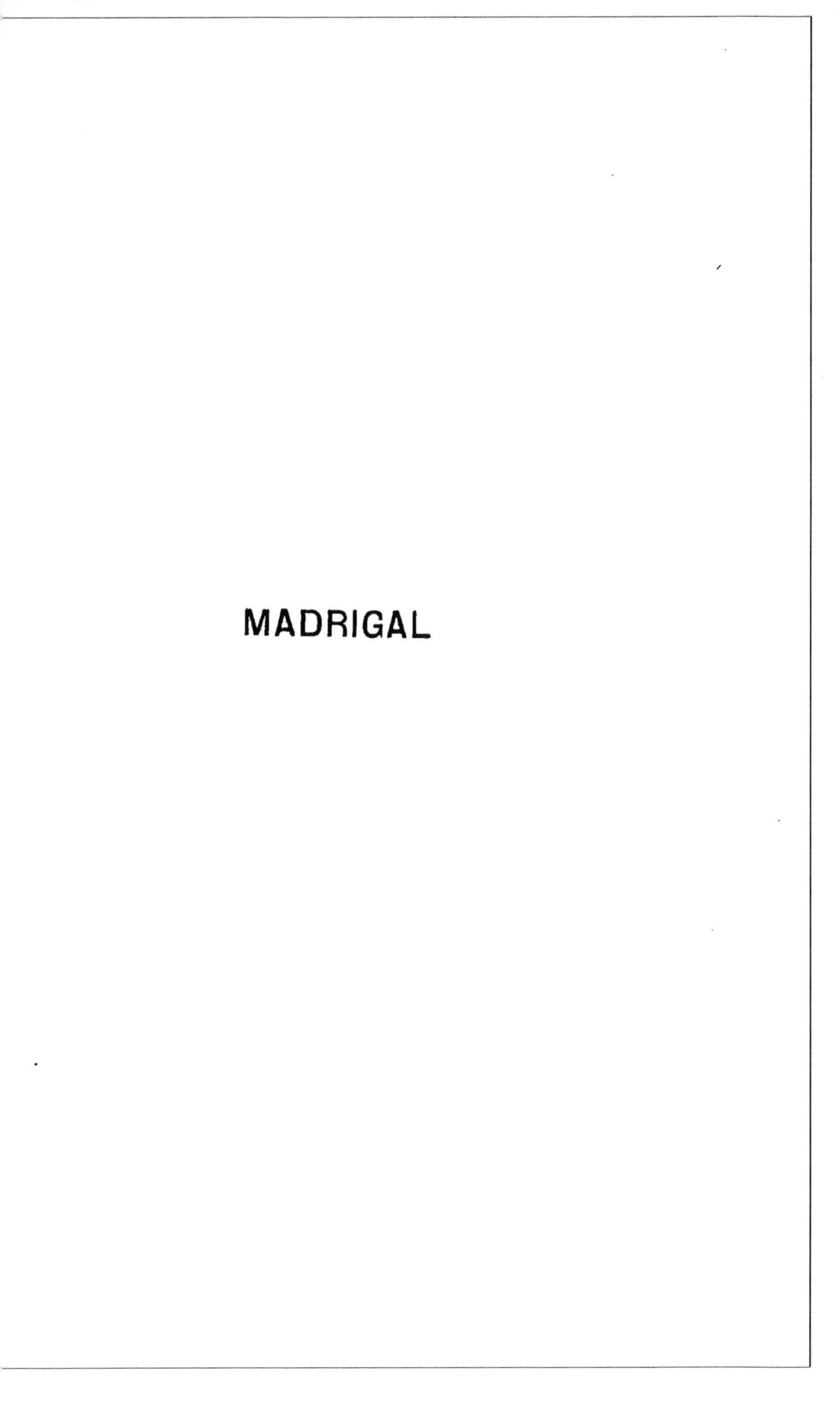

MADRIGAL

MADRIGAL

Tes doux baisers sont des oiseaux
Qui voltigent, fous, sur mes lèvres ;
Ils y versent l'oubli des fièvres,
Tes doux baisers sont des oiseaux.
Aussi légers que les roseaux

Foulés par les pieds noirs des chèvres,

Tes doux baisers sont des oiseaux

Qui voltigent, fous, sur mes lèvres.

Comme de frivoles oiseaux

Aux ailes d'argent, aux becs mièvres,

Ainsi que sur des arbrisseaux,

Ils viennent chanter sur mes lèvres.

Comme sculptés par des orfèvres

Avec de magiques ciseaux,

Tes baisers disent, doux oiseaux,

Leurs chers lieds d'amour sur mes lèvres.

ÉTÉ

ÉTÉ

Tu vas par ce jardin saccagé de soleil,
O libre sœur des fleurs, vers les fleurs prisonnières,
Sans comprendre leur plainte odorante et leur vieil
Et lent désir de tes caresses printanières ;
Elles meurent dans leur adorable langueur,

Sous le feu des rayons, aiguilles douloureuses ;
Oh ! place sur ton cœur fraîchissant, sur ton cœur
Les cœurs suppliciés des roses amoureuses.

L'IMPASSIBLE

L'IMPASSIBLE

Vous avez voulu la fierté méchante
Et les regards durs et les mots amers :
Vous avez blessé la grâce penchante
Des fleurs, et jeté les perles aux mers.

Moi j'avais rêvé des douceurs charmeuses,
Des gestes bénins de dorlotement,
Le cajolement de mains endormeuses,
Avec des baisers doux infiniment.

Vous avez gardé l'attitude vaine
D'un inexorable et mauvais orgueil ;
Et vous souffriez d'une triste haine
Quand vous m'avez dit ces choses de deuil :

« Je suis celle qui jamais ne pardonne
Et dont les arrêts n'ont point de retour. »
Moi, j'avais rêvé la Bonne Madone
Qui remet sa faute au pécheur d'amour.

NEVERMORE

NEVERMORE

Ma douce sœur, nos deux cœurs saignent d'une blessure
Que le temps a creusée et ne fermera plus,
Nos deux cœurs que la vie implacable pressure
Ainsi que deux fruits mûrs pour la douleur élus.

Nostalgiques des cieux perdus, pleureurs de mondes
Antérieurs et de rêves déjà vécus,
Nous avons désiré des amours trop profondes,
Et nous avons été stérilement vaincus.

Les espoirs furent vains de nos tendresses brèves,
Et l'oubli de la terre est très pesant sur eux.
Mais les soirs, sur la tombe inane de nos rêves,
J'irai frapper l'orgueil de mon front douloureux ;

Et sur ce sol de la tristesse éternisée,
Où, chère sœur, nos mains peuvent encore s'unir,
Mes pleurs harmonieux, éternelle rosée,
Feront germer les fleurs pâles du souvenir.

LA SEINE

LA SEINE

Tu m'attires parfois, Seine, comme une femme.
Devant la profondeur tragique de tes flots,
Comme en face des yeux où se noyait mon âme,
Monte en moi le reflux amer des vains sanglots.

Ton murmure léger et rythmique a les charmes
Etranges de la voix à qui je fus soumis ;
Au gouffre de tes eaux je mêlerai mes larmes,
Et mes pleurs avec tes ondes flueront amis.

Comme ses bras ouverts attendant mon étreinte,
Ton sein semble appeler ma poitrine et m'offrir
Le refuge suprême et triste, exempt de crainte,
Tombe des affolés qui cherchent à mourir.

Et devant ta glauqueur menteuse et transparente,
Je tremble, car du fond de l'abîme malsain,
O Seine, monte comme une haleine attirante,
L'âme des chers noyés qui dorment dans ton sein !

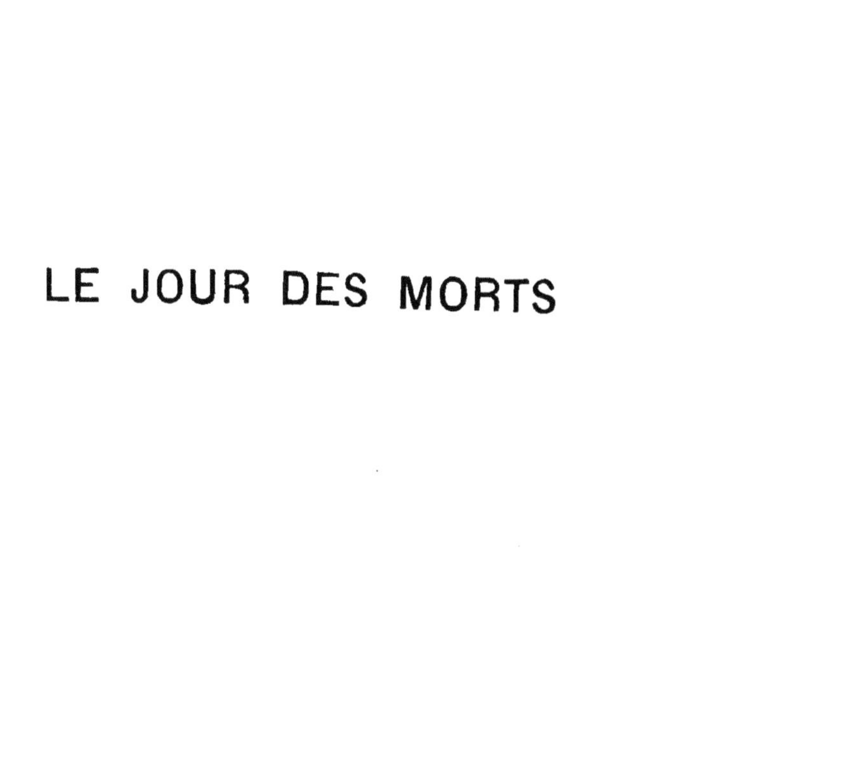

LE JOUR DES MORTS

C'est le jour des morts, des morts embaumés
Au fond de nos cœurs, ces grands cimetières ;
C'est le jour des morts, dormez tout entière
Votre éternité, morts aimés, dormez !

C'est le jour des morts, voici que chantonne
Un derlinement de douloureux glas,
C'est l'hiver qui vient pour les pauvres las,
C'est le jour des morts, la mort de l'automne.

C'est le jour des morts, les horloges brèves
Du temps, assassin des illusions,
Ont sonné le deuil de nos visions,
C'est le jour des morts, la mort de nos rêves.

C'est le jour des morts, la fête des soirs
Ne s'allume plus dans le couchant rose ;
Le soleil, chargé de vœux, meurt morose ;
C'est le soir des morts, la fin des espoirs.

C'est le jour des morts, les vaines amours
Et les songes vains, ô mort, que tu railles,
Comme nos défunts ont leurs funérailles,
C'est le jour des morts et la mort des jours.

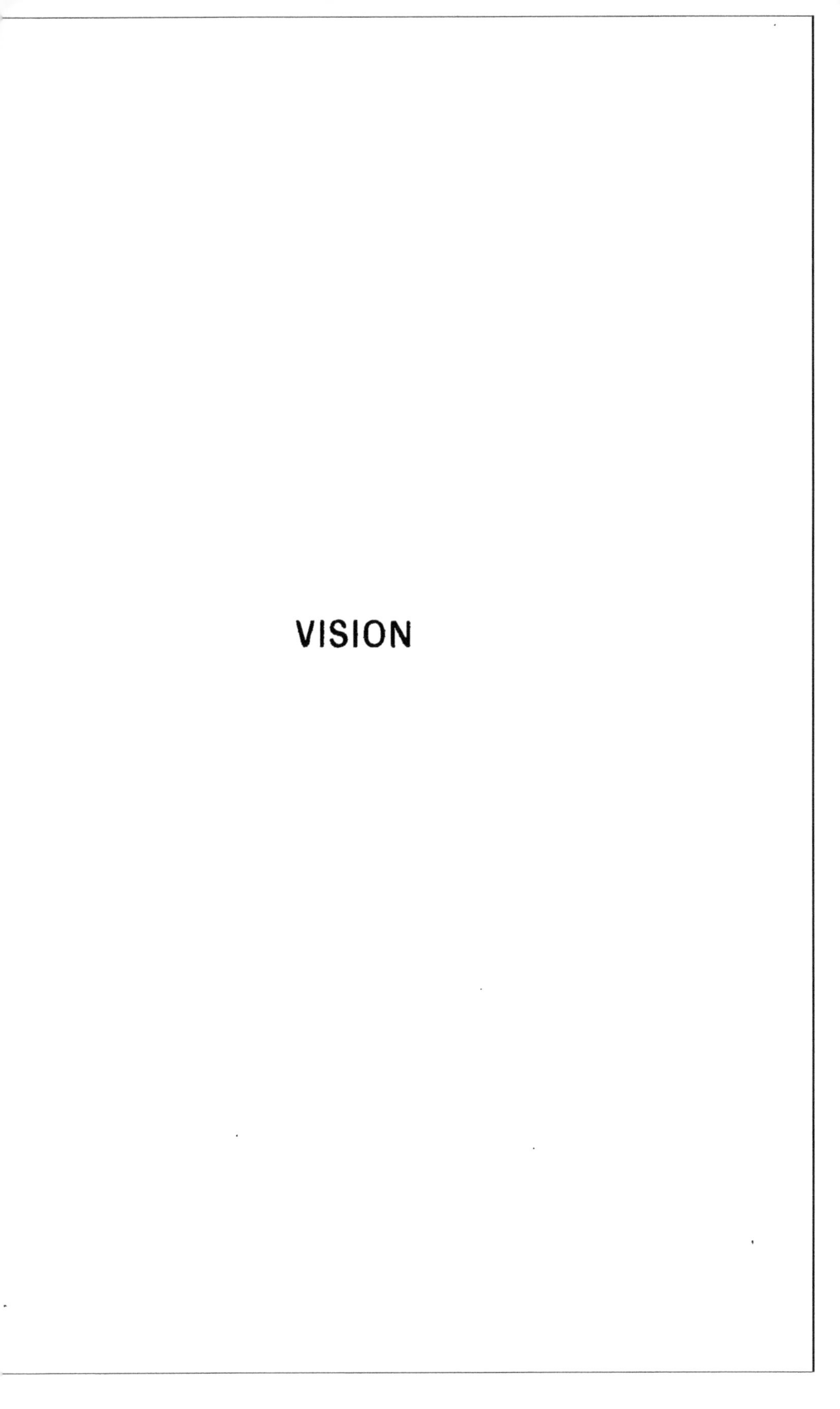
VISION

VISION

Dans la salle où l'orgueil de bronze des piliers
Montait superbement aux plafonds réguliers
Incrustés de béryls et d'ors et d'émeraudes,
Où les encens fumaient des cassolettes chaudes,
Où des fleurs rares, aux pistils érubescents,
S'effeuillaient en pleurant la pourpre de leurs sangs,
Parmi les déités de chair, aux yeux de rêve,
Qui charmaient les langueurs de sa royauté brève,

4.

En caressant ses mains molles, languissamment,
Penché vers un miroir cerclé de diamant,
Saradan, fils de Phul, nommé Sardanapale,
Mirait le fard rosé de son visage pâle.
Sa couronne ceignait ses cheveux parfumés
Qui pendaient sur son cou parmi des plis aimés.
Sa robe de lin blanc s'ornait de pierreries
Astrales, de saphirs, d'agrafes orfévries,
Où les reflets des grands brasiers d'or aux feux clairs
Allumaient des soleils, des astres, des éclairs ;
Et d'autres perles sur les dalles étaient peintes,
Luisant des rayons bleus des étoiles éteintes.
Invisibles, des chœurs de vierges et des luths,
Des théorbes d'argent aux ineffables uts,
Et des harpes vibrant de leurs cordes roidies
Loin, modulaient de langoureuses mélodies.
Mais aux angles des murs, les sphynx silencieux,
Immobiles, fixant l'énigme de leurs yeux
Et rêvant du désert loin du roi périssable,
Dessinaient de leur griffe un alpha sur le sable.

SONNETS

LA CHEVAUCHÉE DES WALKURES

Vers le mont flagellé des ailes de l'autan,
Palais de l'aigle et des Walkures, ses rivales,
Sur les flancs mutilés de volantes cavales,
Elles viennent, les neuf Filles du dieu Wotan.

Elles viennent, les neuf Vierges blondes, fouettant
De leurs libres cheveux l'air foulé de rafales ;
Et chacune, clamant des chansons triomphales,
Emporte dans ses bras un guerrier palpitant.

Et, tandis que l'éclair saigne au ciel, et que gronde
L'ouragan, dans leur rouge et fantastique ronde,
Éclate et claque un cliquetis de boucliers.

Leurs chocs tumultueux et leur cris avertissent
Au lointain les tremblants et pâles cavaliers.....
Et les rocs, tout le long des grèves, retentissent.

SONNET MOYEN AGE

Dans les temps fortunés de la chevalerie

J'eusse aimé vivre page, ou bien trouvère, ou preux,

Héros bardé de fer ou servant amoureux,

Près de vous, Châtelaine à la lèvre fleurie.

Pour l'amour de vos yeux ivres de rêverie,
Dans les tournois, dans les combats aventureux,
J'aurais pu défier des guerriers valeureux
Et soutenir l'honneur de Votre Seigneurie.

Ou, sous votre balcon, poète troubadour,
Je vous aurais chanté la romance d'amour
Dont le rythme léger calme le cœur malade.

Si bien, qu'un soir, lisant un missel fleuronné,
Distraite, pour goûter de plus près ma ballade,
Vous m'eussiez fait ouvrir le portail blasonné.

SONNET LOUIS XV

Vous me semblez, Madame, une blonde marquise,
Une ombre du grand siècle aux souvenirs pâlis,
Et dans votre sourire et dans vos yeux, je lis
Sa préciosité mignonnement exquise.

L'hôtel de Rambouillet, qui vous avait acquise,
A dû vous surnommer Amarante ou Philis,
Et les seigneurs d'alors, fous de vos yeux jolis,
Ciseler des sonnets comme pour Cidalise.

Moi, devant vous, je rêve aux poètes galants
Dont les dames d'atour adoraient les talents
Et qui rôdaient autour du bassin de Neptune.

Et même, éperdu de votre charme mignon,
J'ose vous proposer cette bonne fortune
D'un rendez-vous, un soir, au Petit-Trianon.

LES NOCTAMBULES

Ils sortent, quand la nuit sur les cités s'affale,
Les ténébreux chercheurs de songes anxieux ;
L'ombre réalisant leur rêve audacieux,
Ils chevauchent les flancs domptés d'un Bucéphale.

Malgré les coups de fouet des ronflantes rafales
Qui cravachent leurs flancs et flagellent leurs yeux,
Ils sonnent fièrement vers la clarté des cieux
La fanfare des vers aux rimes triomphales.

Ils sont les noirs amants des sinistres minuits,
Et l'ouragan dilue en songes leurs ennuis.
Mais souvent des frissons chauds pénètrent leurs moelles

Leur voix se mêle à la brise des nuits d'été,
Cependant que la lune éclate de clarté,
Et que valse, enivré, le chœur blond des Étoiles !

LES ROSES

Roses, parfums fleuris, filles de la rosée
Céleste et des rayons très doux du bon soleil,
Vous éclosez au mois de mai, chantant l'éveil
Du printemps et de la saison divinisée.

Roses tendres parfois comme la chair baisée
De l'amante qu'étreint un languide sommeil,
Rougissantes aussi comme le sang vermeil,
Roses pâles ainsi que mon âme brisée ;

Roses aux cœurs profonds, aux arômes subtils,
Je m'enivre à l'odeur de vos troublants pistils.
Dans ce siècle banal épris des viles proses,

Dans ce siècle morose où les hommes méchants
Sont ennemis des vers, des parfums et des chants,
Je vis dans l'amour seul des Rimes et des Roses.

IN EXCELSIS

Mon âme s'envola dans de mystiques cieux
Où des cortèges lents et blonds de séraphins
L'emportèrent, chantant, sur les degrés divins
Du Trône d'or orné de rayons précieux

L'Eternel flamboyait pour la gloire des yeux
Dans une apothéose éblouie, aux confins
Du paradis, parmi des Anges aux cous fins
Exaltant son triomphe et sa grandeur, joyeux.

Tranquille, il écoutait les concerts non pareils
Les pieds sur un parterre en fleurs d'astres vermeils,
Et ses Anges étaient couronnés de soleils.

Mais, malgré le Seigneur, malgré les sept fois vingt
Tribus qui l'enchantaient, mon âme se souvint
De son amour pleurant sur terre. — Elle revint.

LE SIGNE DE CROIX

Dans le fleur sublimé de ton baiser savant,
Ma lèvre a bu l'amour que distille ton âme,
Et j'ai brûlé mes yeux à la subtile flamme
De tes yeux plus noirs que ceux d'un démon rêvant.

5.

Et maintenant ainsi que le prêtre devant
L'idole d'or aux cils parfumés de cinname,
Mon être agenouillé t'adore et se proclame
Avec ferveur ton humble et fidèle servant.

A ton col fin, aimé des perles radieuses,
Je veux pendre un collier de rimes merveilleuses ;
Et tandis qu'à tes pieds, comme l'encens des rois,

Mon cœur qui fume monte à ton cerveau sans fièvres,
Mes lèvres sur ton front, mes lèvres sur tes lèvres,
Mes lèvres sur tes yeux, font un signe de croix.

VENDREDI-SAINT

Le sanctuaire ardent s'illumine de cierges
Aux reflets étoilant les voiles empourprés,
Et vers la voûte, emmi les cantiques sacrés,
Montent comme un encens les prières des vierges.

Encor torturé des affres de la géhenne,
Un Christ de bronze étend ses bras inanimés
Sur une longue croix, et ses yeux mi-fermés
Semblent rêver d'un ciel où trône Madeleine.

Notre amour est l'autel mystique et merveilleux
Qu'illumine le feu rayonnant de tes yeux
Et qu'embaume l'odeur de ta gorge divine ;

Mais sur la Croix cruelle, au lieu d'un Christ sanglant
Que d'ignobles bourreaux clouèrent, ta main fine,
Ta main chère a fixé mon cœur tout pantelant !

Je meurs du souvenir d'une vierge très pâle
Qui m'apparut (un soir si triste !) dans un bal
Où j'allais étourdir mon cœur de carnaval,
Et danser des polkas pour étouffer le râle.

Elle m'offrit la fleur sombre de ses cheveux
Dans la serre où mes pas l'avaient surprise seule ;
Et, doux silencieux que le rêve enlinceule,
Nous nous sommes aimés, les regards pleins d'aveux.

Et douloureusement, sous la clarté lunaire,
J'ai gardé dans mes mains ses mains de poitrinaire,
Pendant que tapageait l'orchestre, insolemment.

Et depuis, je l'attends fidèlement, l'Amante
Que mon amour élut sur la terre inclémente :
Je suis son fiancé pour Eternellement.

Sur l'infini des monts, le soir étend son aile,
Ainsi qu'un brun manteau d'astres d'or pailleté
Comme un globe fluide à l'horizon jeté,
De la blonde Phébé rayonne la prunelle.

Et du calme endormeur que la nuit porte en elle,
Du sein de la nature et de mon cœur dompté,
Monte, en hymne d'amour, au ciel diamanté,
Une adoration profonde et solennelle.

Vois l'étoile sourire aux fleurettes, ses sœurs,
Et sous ce blond regard aux calmantes douceurs,
Mignonne, se fermer les roses que tu cueilles.

Frémissante aux baisers de la brise de mai,
Entends l'harmonieux susurrement des feuilles
Où chantonne le vent son cantique rythmé.

LUNAIRE

Ma bien aimée est la charmante,
C'est l'albe et pallide beauté
Qui verse à mon cœur enchanté
Ses satinés regards d'amante.

Aux balcons du ciel, sa clarté
De neige et de nacre s'argente ;
Elle est la sereine régente
Des lumineuses nuits d'été.

Vers ses splendeurs opalisées,
Des rimes aux ailes rosées,
S'élève l'hosanna pieux :

C'est le lied d'amour qu'à la brune,
Module le religieux
Poète, amoureux de la Lune.

ÉCLAIRCIE

Un émoi de printemps flotte en l'air hiémal.
Dissolvante comme un parfum de tubéreuse,
La tristesse d'attendre une vaine amoureuse
Fait à mon frêle rêve ineffablement mal.

Le ciel s'éclaire ainsi que d'un rire de blondes,
Est-ce le souvenir apâli du soleil ?
Mon âme s'ouvre à l'espoir fier comme un réveil ;
Est-ce votre retour, ô tendresses profondes ?

Et l'été dans le ciel semble s'éterniser
Dans l'oubli bienheureux des ombres de décembre :
Dans l'attente d'amours le cœur veut s'abuser.

Mais les nuages ont noirci les doreurs d'ambre,
Et, dans un lumineux évanouissement,
Une amante illusoire a fui devant l'amant.

LA DANSEUSE

Comme un vol dirigé d'oiseaux ailés de flèches,
Tous nos désirs d'amour s'abattent à tes pieds,
Et s'essorent, par les orchestres copiés,
Dans les chauds violons et dans les flûtes fraîches.

Lors, tu t'envoles ! emportant, symbolisés
Dans une aérienne eurythmie idéale,
Les élans de nos cœurs et ce vœu qui s'exhale
Autour de toi, dans une haleine de baisers.

Mais tes yeux ardant sous tes paupières lassées
Ravivent la luxure en nos chairs transpercées,
Et l'essaim des désirs vole à ton bras savant :

Sacre le geste saint dans des gloires heureuses,
Chair des rêves, ode lyrique, t'élevant
Dans un envolement d'écharpes amoureuses !

ALLÉGORIE

Accoudée à son rêvoir
L'Amante aux yeux d'améthystes
Regarde tomber le soir
Peuplé de visions tristes.

Meurt le soleil, meurt l'espoir
Des vieux songes égoïstes ;
Pleurez le jamais-revoir,
O douloureux symphonistes !

Comme des rêves mort-nés,
Tous les lilas sont fanés,
Toutes les colombes veuves.

Et la nuit revêt du deuil
Des souvenirs, de l'orgueil
Morts, les espérances neuves.

MAUSOLÉES

Contre la forêt sombre où les chênes en deuil
Érigent vers les cieux leurs cimes centenaires,
Tu surgis, dédaigneux du fracas des tonnerres,
Manoir seigneurial de mon funèbre orgueil.

Comme un long voile descendrait du dôme au seuil,
Ta façade, suggère une douleur austère ;
Et ton armorial blason héréditaire
S'allume à ton fronton comme sur un cercueil.

Dans tes caveaux parés de dorures illustres,
Au funéraire éclat des cierges et des lustres,
Dorment des morts anciens sur leurs tombeaux sculptés

Hélas ! ce sont les formes vaines de mes Rêves,
Mais c'est pour les vouer aux perpétuités,
Habitacle de mon Orgueil, que tu t'élèves !

LE LYS

Mon âme est un lys fier et vierge qui s'érige
Vers la sérénité du ciel religieux
Avec des encens purs et des parfums pieux,
Car nul souffle souilleur n'a passé sur sa tige.

Envol vers les hauteurs, qu'un amour sûr dirige,

Son oraison qui va rejoindre dans les cieux

Les chants d'archange, les concerts délicieux,

Monte aux pieds du Seigneur comme un hommage-lige.

O fleur eucharistique, ô lys inviolé

Albe d'une candeur cygnéenne, exilé

Loin des mauvais pensers et des désirs iniques,

Offrande séraphique, hosanna vers l'azur,

Extase d'un calice éternellement pur,

Et qui refleuriras aux jardins édéniques !

MARCHE NUPTIALE

MARCHE NUPTIALE

C'est la cloche qui sonne et son chant argentin.
Cortège des fiancés et des épousées,
Avance, précédé du priant théatin,
Et des porteurs de bannières fleurdelisées,
Et des moines rythmant le cantique latin.

Sous la perlée exquise et froide des rosées.
Allez, c'est le lever soleilleux du matin,
L'aurore initiale et les poétisées
Clartés, et l'angelus du clocher augustin,
Pour la pompe de leurs noces solennisées ;
Fillettes, fleurissez d'anémone et de thym
Le tapis du chemin pour les traines rosées ;
Les seigneurs, une main au pommeau florentin,
Les dames aux regards scintillants d'Élysées
Défilent ; c'est l'épouse au sourire enfantin
Et sa couronne et ses pâleurs adonisées.
Voici la suite, les armures de satin,
Et ces chairs par les poètes divinisées
Allant sous la splendeur du vieil astre hautain
Et les vœux descendant des cloches diésées.

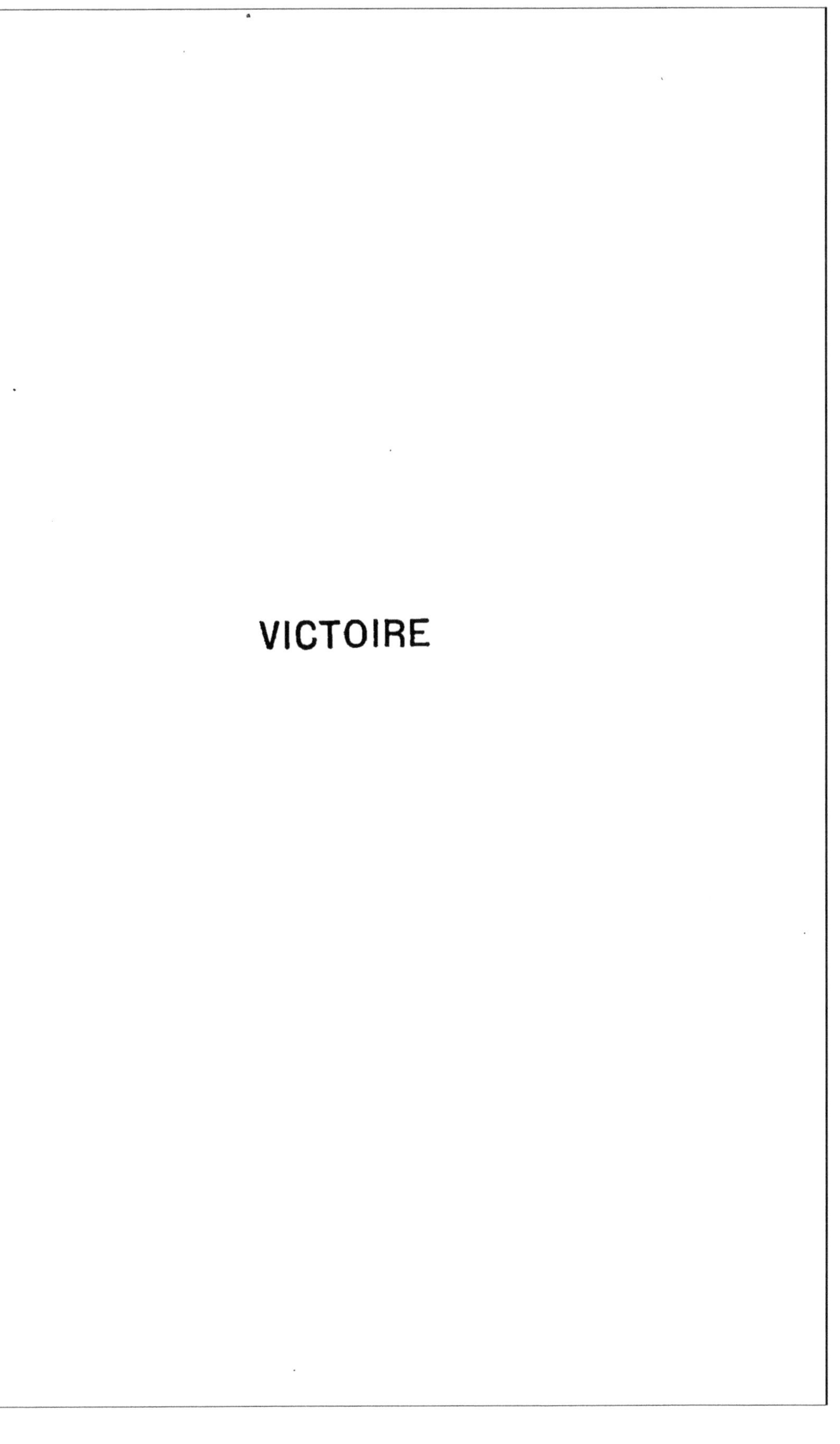

VICTOIRE

VICTOIRE

J'ai dompté la révolte ilote de la chair.

Désirs mauvais armés de flèches, vous, phalange

Dont la voix a couvert le clairon de mon ange,

Cohorte des tentations de son corps cher,

Chœur de baisers guerriers chantant des chants de fête,
Assauts de souvenirs de radieuses peaux,
De souvenirs flottant comme de fiers drapeaux,
Bataillons ennemis, fuyez, c'est la défaite !

Le prince de Ténèbre est mort par la clarté,
L'Étoile de Marie a blessé la Sirène.
— Mais que mon orgueil meure à tes pieds, Vierge-Reine,
Madone à qui mon cœur offre sa pureté !

RÉDEMPTION

RÉDEMPTION

Comme le Christ leva la pierre du tombeau
Et s'envola, roi glorieux, dans la lumière,
Hors d'un horrible amour vers la clarté première
Mon cœur est remonté, brillant comme un flambeau.

La pierre est retombée enfin ! Je vois la joie,
Je vois le ciel, j'entends de divins angelus ;
Et, sur mon front que la terreur ne pâlit plus,
La blancheur d'une aile de colombe s'éploie.

Mon cœur monte vers les célestes Infinis :
Comme Jésus, je vois le ciel où Dieu prospère.
Seigneur, pardonnez-moi ; recevez-moi, mon père,
Mes yeux purifiés vous voient ; je vous bénis !

FINALE

FINALE

L'écho des violes d'amour
S'est tû dans la forêt éteinte,
O ma charmante, et c'est le tour
Du glas funéraire qui tinte.

Le parfum des roses d'amour
S'est évaporé vers les anges ;
Voici que flotte en l'air plus lourd
L'âme errante des fleurs étranges

Le rêve d'éternel amour
Que gardait notre cœur frivole,
Vers le regard plus bleu du jour
Ainsi qu'un oiselet, s'envole.

Mais entends aux lointains séjours
Où vivront nos âmes mystiques
Vibrer dans de pures musiques
L'écho des violes d'amour.

Imprimé en avril 1888 par A. Retaux, à Abbeville.

www.ingramcontent.com/pod-product-compliance
Ingram Content Group UK Ltd.
Pitfield, Milton Keynes, MK11 3LW, UK
UKHW022241120726
13694UKWH00003B/921